牛年的礼物：剪纸中国·听妈妈讲牛的故事

打春牛

图、文：于平　任凭

主编：赵镇琬

新世界出版社

NEW WORLD PRESS

童谣给了我们最初的启蒙，童谣使我们产生了许多梦想。

春 牛

扛春牛

二

立春之日塑土牛，给它戴上花绣球，
大家一看都知道，它的名字叫春牛。

打春牛

二

春牛肚里装五谷，仔细装满不马虎，
五谷丰登人人求，人人增寿又增福。

香炉供品要摆齐，地方官员来主礼，
拜过春牛请芒神，芒神是人装扮的。

芒神手举五彩鞭，一声鞭响到牛前，
照着春牛打下去，鞭打春牛又一年。

鞭起鞭落响声脆，鞭打春牛要打碎，
五谷流出好兆头，五谷丰登好年岁。

流出五谷带回家，放进粮仓最底下，
求得来年粮仓满，求得粮仓高又大。

还有画的春牛图，贴满家家和户户，
画中春牛遍地游，芒神举鞭在后头。

春牛驮着聚宝盆，迎春报春到人间，
前面带路是芒神，后面跟着大官人。

牧童骑上大春牛，要去田野走一走，
先去山上采朵花，再去河边看垂柳。

春牛耕地田里走，梅花长在背上头，
春牛抬头看花朵，农夫扬鞭催春牛。

剪纸练练手 · 五花鞭

1. 在纸上画上五花鞭

2. 用裁纸刀把花瓣镂空

3. 拿来五色彩纸

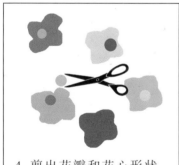

4. 剪出花瓣和花心形状

把剪出的花瓣等衬到图案下

5. 逐一用糨糊仔细糊上

6. 大功告成了！！！

打春牛 二三

作者谈 童谣 之梦

　　我们的童年是在乡下长大的，时间是上个世纪六十年代。听母亲说，从我们下生那天起，就开始听童谣了。有母亲唱的，有奶奶唱的，甚至全家人都会唱。那些童谣一直陪伴着我们从小到大，并且每个生长阶段都有童谣。

　　极小的时候有吃奶谣、哄睡谣，甚至还有撒尿谣。其中的"吃奶谣"是这样唱的："小娃娃，要吃妈（奶），拿刀来，割给他，挂他脖上吃去吧！"虽然有些土气，却很有趣。

　　稍微长大了一点，会翻身了，母亲会唱"翻身谣"。会爬了，有"爬爬谣"。会站了，有"站站谣"。会走路了，有"学步谣"。摔倒了，有"摔跤谣"等。真可谓，娃娃娃娃，童谣长大。

　　到了两三岁，就开始和母亲"扯大锯"了，有时还会坐在门墩上唱那首："小小子，坐门墩，哭哭啼啼要媳妇，要媳妇做什么？点灯说话，吹灯作伴儿，早晨起来梳小辫。"那时的我们，穿着开裆裤，唱着童谣，逗得大人们哈哈大笑。

　　到了四五岁，该上幼儿园了，可那时乡下既没有幼儿园也没有托儿所，只能自发地上街找几个玩童一起玩。那时没有电视，没有电脑，更没有电动玩具，只能玩几种土里土气的游戏，如捉迷藏、跳房子、踢毽子、挤墙角、骑竹马、将媳妇等等。这些游戏都离不开童谣，每种游戏都伴随着一首好听的童谣，孩童们一边玩一边唱，如"将媳妇"的童谣是这样唱的："小媳妇，坐花轿，坐在上面眯眯笑。鸭子吹，狗子叫，哗啦一个闭门炮，吓得小媳妇满街跑。新郎官，大声叫，我的媳妇不见了。不要哭，不要闹，噼里啪啦放鞭炮，一二三四放下轿。"这虽然是男孩和女孩一起玩的游戏，但我们那时正属于"两小无猜"的年龄。还有个"骑竹马"的游戏，直到长大以后，我们才知道"青梅竹马"是因为这个游戏而得名的。

由此可以得知，我们的童年是生活在一个童谣的世界里，是童谣陪伴着我们长大。童谣给了我们最初的启蒙，童谣使我们产生了很多梦想。

我们长大以后，对儿时的童谣仍很迷恋。后来就开始自编童谣，再用剪纸配上图画。于是就有了《鼠年的礼物》和《牛年的礼物》这样的两本童谣剪纸书。

于平、任凭

小·百科词条

1 立春：农历二十四节气里第一个节气，大约在每年2月3、4日或5日，代表着春天的开始。立春后天气回暖，日照和降水都会增加，作物的生长也会加快。因此，农谚提醒人们"立春雨水到，早起晚睡觉"，备耕也该开始了。

2 "春牛"：土制的彩牛。旧时的"春牛"的制法，一说是用木头制成骨架，再用竹篾扎成外壳，然后糊上泥巴。至于牛的尺寸大小和皮毛颜色，都要根据当年皇历讲究一番。牛肚子里藏有五谷杂粮却是必定的。

3 "打春牛"：立春又叫"打春"，打的就是"春牛"。"打春牛"的习俗据说是自三千年前的周代就有了，代代相传，至近代才渐渐消失。"打春牛"意在提醒休息了一冬的耕牛，春天到了，又该辛勤劳动了。作用类似学期开始前一天，同学要回学校打扫卫生一样。实际操作起来，打春牛"打"的是土制的"春牛"，而且一定要打碎，打碎的春牛里会流出谷子，人们一拥而上，把春牛的碎片和谷子抢回家供奉，祈求来年丰收。

4 五彩鞭（五花鞭）："打春牛"用五彩鞭，鞭是杨柳鞭，上面缠有五色丝线。

5 芒神：句（读作"勾"）芒神，春神、草木神，主宰农作物和草木。《燕京岁时记·立春》记载：在"打春"的队伍里，以人扮句芒神，头戴面具，手牵土牛而行，叫土牛鞭春。

6 春牛图：和皇历夹在一起卖，是预测当年的降雨量和农作物收成的图鉴。据说把春牛图请回家，就跟把春牛的碎片请回家一样，具有祈求五谷丰登的含义。

【牛年的礼物：剪纸中国·听妈妈讲牛的故事】

打春牛

神农炎帝

牛郎织女

娃娃放牛

我的目光游走于这形象生动、润色丰厚的画面中，有一种回归童年的欢欣，因而我愿意把这套剪纸丛书推荐给孩子们，以及他们的家长和老师，这是普及审美教育的需要，也是培养民族自豪感的需要。

——金波

一本图画书就是一座小小的美术馆。现在《牛年的礼物》这套图画书出来了，一套四本全是剪纸作品，而且一本一个风格。这真是一种惊喜！原来，我们早就有了一座小小的剪纸美术馆，而且这个小美术馆里还有四个分馆。

——彭懿

只有生长在这片大地上的，如牵牛花这般平凡，但是天天花开花落，陪伴你每一天普通生活的事物、文化，才是你赖以生存的根源。

——艾斯苔尔

小时候，我总梦想着，能去看看外婆的家乡，那里有：温暖的炕头，彩色的窗花，神奇的故事，还有外婆讲故事的声音，那浓浓的山东口音……这套剪纸图画书，让我离那个梦，仿佛又近了一步。

——小书房站长 漪然

美丽的剪纸，传统的主题，中国的味道；这是给中国妈妈和中国孩子的最好礼物。

——新京报书评周刊

牛郎织女

niu lang zhi nv

【牛年的礼物：剪纸中国·听妈妈讲牛的故事】

于平 任凭◇图文　赵镇琬◇主编

新世界出版社
NEW WORLD PRESS